不存在之书，或未完成

游天杰　著

天津出版传媒集团

百花文艺出版社

图书在版编目（CIP）数据

不存在之书，或未完成/游天杰著. -- 天津：百
花文艺出版社，2023.8
　　ISBN 978-7-5306-8633-1

　　Ⅰ.①不… Ⅱ.①游… Ⅲ.①诗集－中国－当代
Ⅳ.①I227

中国国家版本馆 CIP 数据核字（2023）第 131111 号

不存在之书，或未完成
BUCUNZAI ZHI SHU, HUO WEIWANCHENG

游天杰　著

出 版 人：薛印胜
责任编辑：赵　芳
装帧设计：朱丽君
出版发行：百花文艺出版社
地址：天津市和平区西康路 35 号　　邮编：300051
电话传真：+86-22-23332651（发行部）
　　　　　　+86-22-23332656（总编室）
　　　　　　+86-22-23332478（邮购部）
网址：http://www.baihuawenyi.com
印刷：三河市华东印刷有限公司
开本：880 毫米 × 1230 毫米　　1/32
字数：35 千字
印张：7
版次：2023 年 8 月第 1 版
印次：2023 年 8 月第 1 次印刷
定价：58.00 元

如有印装质量问题，请与三河市华东印刷有限公司联系调换
地址：三河市燕郊冶金路口南马起乏村西
电话：19931677990　邮编：065201

献给喜欢这本书的你

目 / 录

Part 1

为什么翩翩不是你

如果

如果沉默是金
我已富可敌国

漫

漫天的油菜花海
像一场美学运动

石烂

桃花烂漫
一片粉红
蠢蠢欲动

春光乍泄

一波未平
一波又起

美好的日子

一碗米饭
饱满而真实
诗人依然活在人间

花香如吻

这么美好的午后
我只写了几行诗

心如明镜

我心如明镜
写诗，听雨
爱你

孤独者

有时候，你想证明给一万个人看，最终发现只有自己一个观众

我喝醉了

我对你的爱不可名状
手脚慌乱到手舞足蹈

缘分

你说在一朵像云的小象下等我

刚好我也在

坠入爱河

这是件危险事情

如果你不会游泳

好吧

爱情有刺，就像玫瑰！

情何以堪

你要的我给不了
我要的你不想给

为什么

我

银河

你

痛苦是一面明镜

可以照见

真实自己

泡沫

房价涨得太快
就像
啤酒倒得太猛

你是水

最柔弱往往
也是最凶悍的

喜悦

风花

没有雪

繁华落尽是禅心

真言悦耳

谢谢你不喜欢我
我开始喜欢自己

你要幸福啊

分手时，我对你说："你要幸福啊。"
但现在知道你过得很幸福，
我心里又有一点点难过！

孤岛

你是一座孤岛，
我们都是孤岛。

命运

你还太年轻!

捷径

我多想从字里行间
找一条最短的路径
直达你的心田

H

梦爬上云端，床变成了 H。

解忧艺术馆

你可以把"忧伤"当成一件艺术品。

旅行

对你我而言，每一天
都是生命的唯一旅行

因果

我很轻松
我很诗意
我很快活
我没有房子

你迷失了自己

咫尺之外

尽是桃花、李花、樱花

得意

我真的好想做春风得意的马蹄
马上是你

爱情，没有承诺时最美

在这样安静的夜晚
月色和花都很美好

为什么翩翩不是你

如题

一切的一切

你以为过不去的

最终都会过去

本质

如果没有漆黑的夜
就看不见星光灿烂

刚好

简单的完美
完美的简单

硬汉

我连死都不怕

还怕被质疑吗

Part 2

写什么都是在写诗

世界像镜子

世界是一本书，像镜子
你是啥样，它就是啥样

人生

我走出的每一步，
都是在逃离樊笼。

幻想

你以为头上长的是鹿角
其实那只是蜗牛的
触角

银杏树下

遍地的黄金
风吹不动它

网恋奔现

你兵临城下

我丢盔弃甲

非我所愿

我的离开并不只是因为停止爱你

而是想在远处看你做最好的自己

乱花

我睁眼，你在我眼里
我闭眼，你在我心里

日记

你在我寸草不生的

心

种下了整个春天

爱憎不分明

为爱手起刀落的人
与刀一起立地成佛

该怎么对你说我的失落

像失水之鱼
回到了水中

无效

从你眼中倾泻而出的眼泪
却带不走心中积蓄的苦痛

我如此无法承受失去你带来的一切尽可能对我提供帮助的

谢谢。

冰激凌音乐

啊真是凉爽好听

又好吃

风景

春风和煦，阳光万里
但少了你
便不够尽善尽美

醉花阴

肥美的花蟹
凉爽的借贷

思念

梦见自己
在花树下
不小心
失了身

荒诞

阳光刺眼

窗外的天蓝得不可思议

大树

大树阴凉
树大也招风

无有

一无所有的天空
一无所有的美丽

青苔

只在洁净处
生长

高僧

盘腿诵尽无数经
他一直在维持着
这个完美的姿势

空山

山里野花香
蜜蜂采蜜忙
你百看不厌

海子

面朝大海　春暖花开
二者的联系是什么？

嘘

嘘，千山桃花正盛开
富贵，只须眨一眨眼

独行

走在不好看的路上

自己喜欢就好了

倒立

当你倒立的时候
才能站在天空上

迷人

壮硕的打碗花
大咧咧地开着
真是太可爱了

诗和远方

这是多么大的一种疯狂啊!

活着

就要
像凡·高的向日葵一样
尽情，热烈、纯粹

飘飘然

蓬松如云的日子
那一朵滚烫的心
必须飘飘然起来

落叶

现在我身边
只剩下落叶

核心

他思想最大的问题就是没有问题。

思想

它，如同"风"
不是一个名词
而是一个动词

新咏

那苦涩的并不是酒
是孤独发出的声响

双标

所有的收获都是失去，
所有的失去也是收获。

毛毛虫

即使被踩在了地下
也梦想做一只蝴蝶

路

一半是走出来的

一半是吹出来的

能读懂多少不重要

读到一本喜欢的书

其实也是在读自己

Part 3

你是这世界
给我最大的慈悲

致——

人生有两种选择
你的出现给了我
第三种

凯旋

如果说过去就是未来
此刻就是玫瑰花的
好日子

上天厚爱

阳光细腻
玉兰花齐声绽放
生活还是如此美好

富有

在小院里看书的午后
看着眼前灿烂的金子
突然觉得自己很富有

读《夏宇诗集》

我深刻察觉一张逆着光的蜘蛛网的美丽。

警句

那永远不可能发生的事情

像事情已经发生一样确定

今日无诗

唯有纸锋里的寂静。

儿子教会我

所有的问题都要问两遍

正的和反的

互补

心态松弛
皮肤紧致

取舍

贪恋人间烟火

一生走马观花

真爱

直白，但不浅
温暖，且不俗

悲欢

你不在

好修行

不要

不要只隐藏身体
要隐藏你的思想

不争

不是不想争

是争不过嘛

不爱

只因不爱你

我被无数人

紧紧地追杀

膨胀

那些战无不胜的人
将成为自己的包袱

一个懂吃的人

吃亏，虽是福

我胖，少吃点

贪心

韭菜割不动了
那就连根拔起

低调

诗意不宜张扬

正如人不露富

猫

时间是最好的蒙太奇。

啊

写诗时，我就是兽。

嗯

一个灵魂的深邃必然伴随着某种思想的痛苦。

想太多

"到底是什么东西让我烦恼不断？"

"想太多！"

夏日更像秋

落叶冷不丁地砸下来
夏日也有了死亡气息

沉思者

不是什么人
都配得上我的善良

三境界

感觉

思想

光

天真

一只小猫
把玩具球
当鼠捕玩

庞然小物

儿子和我一起哈哈大笑！

像秘密一样美好

多少正确的日子
像秘密一样美好

午后风

蓦然醒来，鸟鸣湍急
风
翻动满墙的涟漪

唯一

波澜不起的日子
你是唯一的惊喜

鱼和水

遇见了你
才懂呼吸

都好美

蚂蚁、蝴蝶、猎豹
老虎、树荫、长颈鹿
蒲公英，还有你

十指相扣的夜晚

与其仰望浩瀚星空，
不如注视你的明眸。

爱情蜂蜜水

甜蜜烂漫

美齿难忘

实用主义

华而不实的词语
刚好用来赞美你

你的温柔

柔软了
我的时光

三角

你三角形里
稳固的
温柔

云雨

云为丈夫

雨是妻子

简

只爱你，是我对爱情的信仰。

如果你是一首诗

那么，我一定会
出现在这首诗里

我能想到最浪漫的事

我回头

你还在

Part 4

你我之间
隔着一枝勿忘我

影子

柵欄最美的部分是它的影子。

小偷

夏日盛大
对我敞开了心

篱笆

或许院子之美，
在于它的篱笆。

芒刺

芒即是刺

刺即是芒

你变了

看起来不像以前那么愤怒了！

鬼

有心者见

鸿沟

连你都是坏人
世上还有好人吗

必然和偶然

冰清不必玉洁
水性必须杨花

你静静站在那里

你什么都没有做
你的美悠然可见

轻浮

我的心是沉重的
如果不是你这个天使
轻轻飞过

你是我人生最大的不确定性

我想给你我的全部
你却只想要最好的

什么时候最快乐

旖旎，如一只蟹
横行时

在云端

我越过千山万水
却发现你在云端

不是风

是一条妩媚的小河
在你的裙带上流苏

糖

生活，让你遍体鳞伤

偶尔也会给你一颗糖

刻意

都想当观众
谁上台表演呢

三箱情愿

收到一个快递
打开三个纸箱
里面空空如也

爱情问题

一朝被蛇咬

二朝还是被蛇咬

再见前任

我只能以沉默默默
捍卫你说话的权利

挺好

这些年没活成自己想要的样子
活成了你最讨厌的样子也挺好

彬彬无礼

受尊敬的不是你
而是原则和底线

失礼

不是我不讲道理
是你根本不在我心里

做不到

俗当可爱
穷且愈爱

吹嘘

想象中切到手指比
真实切伤手指可怕

真的吗

如果说
诗人是快乐的
谁也受不了

你一无所有

可以说，你一无所有
有的只是干净的灵魂

请问

一个人要有多深情，
才能这样的不正经？

强人

哪怕树一万个仇敌

也不丧失自己锐气

富人和穷人

除了爱，我什么都能给
除了爱，我什么都不能给

修复

这世界还很美好
因为我得不到你

现实故事

天鹅沦陷为丑鸭

青蛙变成了王子

危险游戏

玩过最危险的游戏
就是按掉了闹钟铃
闭上眼睛再眯一下

人生有解

可以在痛苦的基础上虚构快乐

不要在快乐的基础上虚构痛苦

当滔滔奔流的美好日子又再来临

你对那个人的记忆

转身如落叶般潇洒

牙痛鸣奏曲

牙痛来袭时
我会把神经当成琴弦
轻轻地弹奏

正见

我失
故我在

时光

多好的白马啊
就像爱情一样

她

她，不在水中央／在花边／褪去季节的颜色
黑或是不白／缤纷如你／行走／看那些花掩
映在绿叶中／微微泛着光亮／羞怯而柔和／
那柔软／让你有了一种坚韧

给阿娇写一首诗

你是水做的

自然有波澜

午后情歌

你比火焰还美
你是一个云雨过后
还想与你再度云雨的女人

美好

晚风习习，月光皎皎

"不说话，就很美好。"

Part 5

灵魂在高处
呼吸在低处

盛开

宇宙是一朵莲花
你是我一个光明的伤口

惩罚

无论
时间惩罚了谁
都不会有悔意

残酷

社会不残酷
残酷的是人

枉

我伸手拉黑了你
你出手拉黑一个时代

寂静

心中的愤怒与雷霆
像极了人间的寂静

沧桑

我敢回头
你却不是岸

太小

我觉得这个词汇还是太小了
如果用来赞美我的苦难的话

慢慢

慢慢地想
慢慢地感受
慢慢地无所谓

无端

云白水袖
风起涟漪
不醉不休

貌离神合

我反对一切你认同的
我认同一切你反对的

酷

我执迷不悟

走自己的路

确定无误

我爱你
但并不爱一意孤行的你

承诺是一种谎言

承诺只有听的人记得
说的那个人早已忘了

穷人

如果诗意无法继续

那我真是一贫如洗

靠山

曾经总想找个大靠山
后来才明白时间就是
我们最大的靠山

在雾霾里

奶白色的太阳
像一粒止痛片

刀锋下

你以为我在绽放
其实我是在颤抖

沉默的火焰

我爱你是一连串说不清楚很难明白可能最好就不要懂你的爱你。

痛的领悟

没有疼痛的爱情，就像没有蜜蜂来的花朵。

大人物

有且只有
绝无仅有

杀手

解决不了问题

但可以解决你

仅此而已

他终于变成天下无敌
只不过是打败了自己

缓衰秘诀

保持年轻的秘诀

——坚持写诗

路

烟是一个浪漫的意象。

闲愁

不是理想太远大
而是目光太短浅

句

条条小径有花香。

悬崖

我不确定
看到的是不是自己的内心

光

秋日的银杏

在午后

留下一大片光

坚持

只要还穷着

就能感觉到

一直在进步

纸老虎

用自己的肉体亲吻自己
用自己的光照亮自己

往事

失节事小
饿死事大

洁净

我有清风明月
何须万贯家财

一个人一个故事

别跟人性讲道理

感谢苦难

它带走了能带走的一切
也留下所能留下的所有

历史

历史是一块搬不动的巨石。

像

一枚饥饿的黄叶
一只血色的眼睛
一场聚拢的风暴
一声绝望的呐喊

尼采真幸福

在窒息的疯狂中
产生了超人思想

虚构真实

一个作家企图用文字撒谎，却写出了真实。

这是两本书

思想的早晨

思想的黄昏

人生最可悲的事

费尽千辛万苦才看清
自己还是当初的自己

墓志铭

为诗歌而活
为生活而歌

繁花

灵魂在高处
呼吸在低处

这就是诗

壮丽的人生不需要解释

只要你不放弃继续做梦

入藏记

漫长而笔直的公路上
看见了一片地老天荒

境界

他把吃亏当成功德

人生从此尽是坦途

一个人

了悟了空
便了悟了
不空

此刻

离去
即是
抵达

结语诗

我拥有
能拥有的一切
我因此而幸福

我失去
可以失去的一切
我也因此而幸福